KB070620

꼬닐리오의

그래도 너를
사랑한단다

꼬닐리오의

그래도 너를
사랑한단다

글·그림 꼬닐리오

위즈덤하우스

프 롤 로 그

그리운 어릴 적 추억과 감정을 나누고 싶어요.
통통한 소녀와 그녀의 작은 친구를 만나 보세요.

우리는 인생을 살아가면서 어린 시절로부터 날마다 멀어져 가는 중이에
요. 하지만 마음 한편에는 항상 그때의 소중한 기억과 따뜻했던 순간들
이 존재하고 있어요. 그렇기에 점점 빨리 지나가는 시간이 더욱 아쉬워
지고, 가슴 먹먹해지는 감정을 느끼게 되지요.

되돌릴 수 없는 아름다웠던 순간들이기에 우리는 가끔씩 어릴 적 추억
을 떠올리며 그리워하고 웃을 수 있는 거라고 생각해요. 저는 그 작지만
반짝이던 순간들을 그림으로 표현하고 싶었어요.

'아, 나도 밤엔 무서워서 화장실에 혼자 가지 못했었어.' 혹은 '아플 때는
꼭 엄마를 찾았는데 말이야.' 이렇게 어릴 때라면 누구나 겪었을 감정들
로 엮어졌기에 그림을 봐주시는 분들과 더 큰 공감을 형성할 수 있는 것
같아요. 그래서 매번 그림들을 연재할 때마다 '어릴 때 이런 적도 있었
어요. 당신은요? 기억나요?' 이렇게 묻는 마음이에요.

또 연재 그림과 관련된 자신의 어릴 적 추억을 댓글로 남겨 주시는 분들 덕분에, 그림을 통해 따뜻한 추억을 함께 나누고 되살릴 수 있어서 감사하다는 생각이 들지요. 그렇기 때문에 혼자만을 위한 그림보다는 함께 마음 따뜻해질 수 있는 그림을 그려야겠다는 생각을 항상 가지고 있어요.

나아가서는 추억만을 되살리는 그림뿐 아니라 어릴 적 상상했던 순간들, 짧지만 강렬했던 기억들, 그리고 어린 '내'가 하고 싶었던 것들…… 모두를 그림으로 나누고 싶어요. 통통한 소녀와 토끼가 그림 속에서 제 대신 사람들에게 말 걸어 주기를 바라면서 말이에요.

창작자들을 위한
플레이그라운드

GRA FOLIO ™

Creator's Playground

우리는 새로운 문화를 만들어갑니다.

당신의 재능을 소개하고,

새로운 작품들을 발견하고,

수많은 이야기를 공유할 수 있는 곳.

그라폴리오는

전 세계의 다양한 크리에이터, 팬들이 함께 만들어가는 커뮤니티입니다.

누구나 작품을 올리고 공유할 수 있으며, 작품을 판매할 수 있습니다.

크리에이터들이 더 좋은 작품을 만들고 더 많은 팬들을 만나며,

작품을 통해 서로 연결되는 곳.

우리는 세상에 없던 새로운 문화를 만들어갑니다.

grafolio.com

차 례

우울한 날

가끔은 우울한 날도 있어요.

이럴 땐……

말 없는 위로도

가슴에 크게 남아요.

A Gloomy Day.

두근두근

설레는

순

간.

coniglio

목 욕 은 즐 거 워

인형이나 장난감 하나만 있으면

목욕하는 시간이

너무너무 즐거웠었죠.

쇼핑 신경전

마트에 가면
먹고 싶었던 것들이 무궁무진……

달려라 카트야!

더운 날에는

시원하게

카~.

로망스

두

근

두

근.

어떤 날

그냥
아무 생각 없이 있고픈 날이 있어.
오늘처럼 말이야.

구름이 스쳐 가는
하늘을 바라보고
또
바라보고…….

grafolio.com/coniglio

당신이 생각나는 날

기분 좋은 향기들이 가득하고
한 줄기 햇살마저도
즐겁고 감사한 날들.

당신의 날들이 행복하길 바라요.

잠자는 방구석의 대두소녀와 토끼

쿨

　쿨

　　쿨.

달 리 자

스스슥.
무슨 소리지……?

"엄마아~~~."

엄마한테 혼나

사랑하는 사이에

티격태격하는 날이

있지 않나요?

일어나

낯잠 많이 자면 붓는데,

큰
　일　났
　　　　네 .

손 꼭 잡고

함께 바라보는 만큼
가슴도 따뜻해져요.

여행의 시작

낯선 곳에서의 모험은

어디서부터

시작되는

걸까요?

코오코오 시리즈

같이 자면 안 될까?
무서운 꿈꿨단 말이야.

사이좋게 코오코오
이불 잘 덮고…….

이불 차고 자네.
모기 물린다.

같이 잠들어요.

금붕어와 나

아침에 밥을 쳤지만
나는 밥을 또 주고 싶은걸.
그래야
금붕어의 오물오물 입을 볼 수 있잖아.

체리 냠냠

흠······
일단 먹고 보는 거야.

참   참 .

  참   참 .

비 오 는 날

물웅덩이를 지나갈 때마다
퐁 당 퐁 당 .

그냥 지나가기엔
너무
아쉬워요.

뭐 먹을까

밤에 엄마 몰래 여는 냉장고는
우리에겐

미 지 의   세 계 .

함께 하는 여행

친구랑 여행하는 것만큼

즐겁고　신나는　일이

또 있을까요.

다 같이 바캉스

마지막 여름이 다 지나가기 전에
한 번 더 구워 봅시다.

그녀를 잡는 방법

이래도

삐칠

거야?

늦은 밤에 찾아온 손님

두 둥 실

달님이 놀러 왔어요.

달 콤 한 늦 잠

달콤한 늦잠을 깨우는 그대들이지만

사랑합니다.

아니!!

토끼가 외출한 사이에

귀여운 녀석들이!!??

달리기

우리는 필요해요.
포기하고 싶을 때

계 속

달릴 수 있는 용기.

울 지 마

다독여 주는 소중한 사람 때문에

더 울컥할 때가 있어요.

울고 나서도

눈이 퉁퉁 안 부을 수 있다면

얼마나 좋을까요.

독서의 계절

너도 찌고
나도 찌는
가을은

독
서
의

계
절.

두껍아 두껍아

헌 집 줄게, 새 집 다오.

플라스틱 컵, 모래만 가지고도
하루 종일 놀 수 있었던
그때…….

그래도 너를 사랑한단다

애들아 뭐 하니?
낮잠 자는구나?

엉엉 울고 싶어지는 우울한 날에도,
따뜻한 봄바람 맞으며 웃는 날에도,
작은 토끼와 속눈썹 소녀는
늘 함께하고 싶어요.

심심하면 놀러와

우리 같이 소꿉놀이 하면 되지.
나, 토끼 그리고 복순이.
준비물: 포대기용 엄마 스카프,
복순이 덮어 줄 아빠 손수건, 게딱지 냄비 등.

"여보, 당신이 만든 국은 맛있는데 좀 짠 것 같아.
그리고 내가 싫어하는 당근이 너무 많은걸……."
"쉬잇, 우리 복순이 잠에서 깨겠어요!"

몰래몰래

"오늘 콩밥이다."

밥상 밑

콩 과 의 사 투 .

DIVING MOMENT

잠 수 중

가끔씩

잠수하고 싶은 날이

있어요.

꿈 속에서

토끼야,

꽉 잡아!

나도 따라 갈래

아빠랑 같이

가고

싶어요.

I WANT TO GO WITH YOU

마음에 비가 올 때

혼자가 아니라는 걸

잇

지

말

아

요.

봄날을 기다리며

날아갈 준비를

해 볼 까 ?

그녀를 위한 작은 위로

엄마야!!

저런…….

그녀를 위해

작은 미소를 선물했어요.

마음이 머무는 곳

우리 집은

어

디

에

......

?

혼자서는 무서워요

일어나~ 화장실 같이 가자.

살금살금   어둠을   헤치고 …….

아, 시원해~ 기다려 줘야 돼~.

새 해 에 는

희망은 높이높이
근심은 날리고

함 께   꿈 꿔 요 .

달콤한 유혹

돌아서기

아쉬운

순간.

이제는 할 거예요

수줍어서

글씨로 표현하는

말들…….

봄의 소리

기다리고

또

기다렸어요.

엄마 없는 날

나도
엄마가
되어 볼까?

공포영화

애들아,

오늘 밤

　　　잠 은　어 찌　자 려 고 …….

모험의 시작

두근거림의 시작은
아주
가까운
곳에서부터.

오 늘 하 루 도

가끔은

하늘을 바라보는 순간이

있었으면 좋겠어요.

LET'S LOOK AT THE SKY SOMETIMES

깊은 밤을 날아서

함께라면
어디든지 갈 수 있어.

봄날의 편지

우리는 눈부신 봄날에 만났어.

함께한 봄 향기를 기억하니?

처음으로 이별의 순간을 배우는 게 버거운 일이었지만

너의 온기는 봄이 올 때마다 찾아오는구나.

SONG FOR YOU

귀를 기울이면

바다가 불러 주는 노래에

스
르
르

눈이 감겨요.

LET'S BE DREAMERS

꿈꾸는 그대

꿈꾸는 순간이

가장 소중하다는 사실을

잊지 말아요.

생 일 축 하 해

생일

축 하 해 ! !

비 오는 날

비 오는 날
그냥
기다렸어.

네가
우산 없이
걸어갈까 봐…….

118

봄에게 건네는 인사

봄에게
어서 오라고
많이 기다렸다고
자꾸만 손을 흔들어 주었다.

noodle day

congli015

맛있는 국수 먹는 날

역시

묻혀 가면서 먹어야

제 맛 !

위기의 순간

앞니를 뽑던 날

궁둥이가

들 썩 들 썩 .

Midnight Woods

당신과 나의
깊은 밤.

꿈을 꾸고
헤매는 시간.

우리의 추억

몇 백 원으로도
하루 종일
행복할 수 있었던 시간…….

사랑하는 사람에게

당신만 생각하면 설레는 마음을

곱 게   접 고   또   접 고

봄바람 타고 날아갈 준비를 해요.

grafolio.com/config50

달밤의 체조

하나둘,
하나둘.

야식을 먹었으니
체조하고 잡시다.

SWEET MEMORIES

grafolio.com / coniglio

아빠와 딸

아빠,
가끔은 잠든 척한 적도 있어요.

"우리 똥강아지 잠들었네……."

졸리고 따뜻한 햇살이 아빠 등을 간질간질.
잠든 척 웃음을 참는 내 입가도 간질간질.

RAIN ON ME

비

나에게만
비가 오는
날도 있어요
……

엄마

사이좋게 지내다가
가끔은 자그락거릴 때

"손들고 서 있어!"

엄마 눈치 보면서
궁둥이가 들썩.
팔은 왜 이리 무거운지.

혼나고 난 뒤 엄마 품속.
엄마냄새 맡으면
괜스레 서러워져 눈물 콧물 범벅.

당신이 잠든 사이에

어 떻 게

자
나
요
?

grafolio.com/coniglio

우리만의 동화

어두운 숲을 헤치고 할머니 댁으로.
무서우니까 큰 소리로 노래 부르면서.

사과가 제철이네.
사과잼,
사과파이
그리고 또…….

초여름의 향기

벌써 여름이 오려나 봐요.

살짝궁 더운 바람이

여름의 향기를 전해 주었어요.

아빠를 기다리는 진짜 이유

아빠다!
무슨 냄새지?

아빠 품에 쏘옥!
코끝에 전해오는
술 냄새, 통닭 냄새.

깨우지 마!
닭다리는 내 거야!

행복한 고민

이렇게

작고

소중한

너이기에

항상 내 곁에

두고 싶은 마음이야.

grafolio.com/coniglio

따사로운 햇살

푸릇푸릇 화분들을

내놓은 김에

우리도

광합성을 해볼까?

gradolio.com/coniglio

TEA FOR TWO

gradolzo.com/coniglzo

오후의 휴식

일주일을 열심히 달려온 그대,

따뜻한 차 한 잔

어때요?

grafolio.com/coniglio

망설이다가

잘 지 내 요 ?

목소리가 듣고 싶어서요.

오늘은 그리운 사람에게
전화 한 통 어떨까요?

시원하게 풍덩!

더워요, 더워!

달콤시원하게

잠수 한번 할까요?

ORANGE DIP

grafolio.com/coniglio

보랏빛 향기

이
아
름 다
운
여
름
을

놓치지 말아요.

달님에게

달님이 심심할까 봐
오늘 밤에
놀러 가기로 했어요.

여름잠

시원한 바람이 불어와

땀을 식혀 주면

나도 모르게

눈 이   스 르 르 …….

밤 의 정 원

우리의 여름밤은
설레는 마음으로
한가득이에요.

딸 기 사 냥

새콤달콤 딸기를 향해서
조금만 더……
조금만 더…….

grafolio.com/coniglio

울지 않으려고 해

눈물이 나는 걸 꾹 참고

숨 한 번 크게 내쉬고

⋮

괜찮아,

괜찮아.

달콤한 파도

오늘도 더운 날씨.
 달콤한
  파도를
 타는
상상을
 해요.

엄 마 의 밤

팔팔 끓던 열을 가라앉히고
칭얼거리는 나를 토닥이며
하얗게 지새웠을
엄마의 밤.

숨바꼭질

꼭꼭 숨어라,
머리카락 보인다.

쉬잇……
가슴이 콩닥콩닥.

화려한 장난감 없이도
신나게 놀던 때가 있었지요.

Sweet Adventure

신나는 오후

심심하고 지치는 일주일의 가운데

이렇게

신나고 즐거운 오후

어때요?

다 락 방

온종일
너랑
　　나랑
즐거울 수 있는 곳.

어젯밤 꿈에

살짝
잠들었나 봐요.
커다란 손님이
찾아왔어요.

여름방학

뜨끈뜨끈 외할머니표 찐 감자,
옥수수도 한입,
봉숭아 물도 예쁘게 들이고
방학숙제는
나중에…….

goblo.com /coniglio

시골집

하늘이 꾸물꾸물
부침개 한입 먹고,
또 먹고…….

grafolio.com/coniglio

한밤중

쉬야를 참고
참다가……
서늘한 여름밤 공기에도
머리카락이 쭈뼛쭈뼛.

풀벌레 소리만 들리는 한밤중.

grafolio.com/conigli0

내가 안아 줄게

속상한 일 있었어……?

이리 와,

내가

꼬옥

안아 줄게.

grafolio.com/coniglio

꿈의 기억

마음 한편에 깊이 간직한 꿈,
가끔씩 꺼내 보고 있나요?

빛나는 순간을
놓치지 말아요,
우리.

우리니까

우리가 함께하기에
추억을 나누고
시간을 나누고
마음을 나눌 수 있는 거란다.

비가 오면

첨벙 첨벙
비 웅덩이는
우리들의 작고 소중한 바다.

giardino.com / coniglio

우리들의 로맨스

함께라면

어디든지

갈

수

있어!

연꽃 낮잠

함께하는 시간이 고요하지만

그 래 도

너의 곁에 있는

지금 이 순간이 좋아!

한밤중의 음악회

이제는
가을 냄새가 나는 밤.

어서 오세요,
풀벌레 합창단과 함께하는
작은 음악회가 있답니다.

http://grafolio.com/coniglio

잠 못 이루는 밤

가끔씩 말이야,
정말 잠 안 오는 밤이 있어.
침대 위는 운동장이 되곤 하지.

물 론
엄 마 몰 래 .

너의 빈자리

금방 돌아올게.
영원히 떠나는 게 아니야.

알아.
하지만 네가 내 곁을 떠날 때마다
눈물이 나는 건 참을 수 없어.

홀로 있는 시간이 길어질수록
너와 함께할 시간이 다시 돌아오기를
기다리고 또 기다리게 되는

그런 너의 빈자리 속 내 시간들.

ttp://grafolio.com/coniglio

용기를 내!

저기……
이제 나올 때가 되지 않았어?
두려움에 떨며 움츠러들지 않아도 돼.
걱정에 가득 차 주눅 들지 않아도 된단다.

용기를 내!
내가 이렇게 너의 곁에 있잖아.

가을밤에 찾아온 손님

누구세요?
나예요, 나······.

가을향기를 품에 안고
서늘한 밤 찾아온 당신.

어서 오세요.
기다리고 있었어요.

gradodio.com/coniglio

가을 가을 가을

우리들의 가을 놀이.

알 록 달 록

낙엽 속에서…….

오 늘 하 루 도 수 고 했 어 요

오늘 하루도 알차게 보냈나요?

조금은 힘들었어도
무사히 하루를 마친 당신에게
폭신폭신
이보다 더 좋은 선물이 있을까요.

에필로그

스토리픽 작업 그림들이 담긴 스케치북이에요.

주로 밤에 작업하기를 좋아하는 저의 공간입니다.
조명을 하나만 두고 작업하다 보니 집중이 잘 되는 편이에요.

저의 작업 모습입니다. 먼저 수작업을 해요.

디테일에 따라 하루 또는 며칠 걸리기도 합니다.

가끔은 밤샘작업을 위해 에스프레소의 힘을 빌리기도 하지요.

그동안 그림을 그려온 작업용 스케치북들입니다.
연필로 작업하기 때문에 보존을 잘 하기 위해 꼭 스케치북을 써요.

제가 살고 있는 이탈리아의 모습이에요.

여행을 하면서 다양한 아이디어 얻기를 좋아합니다.

비록 얼굴을 보이지 않는 미스터리한 토끼와 소녀지만,

이들이 토닥토닥 위로가 되고

소소한 즐거움을 함께 나누고 추억할 수 있는 존재가 되었으면 좋겠어요.

꼬닐리오의
그래도 너를
사랑한단다

초판 1쇄 발행 2016년 10월 14일 **초판 6쇄 발행** 2023년 1월 31일

지은이 꼬닐리오
펴낸이 이승현

출판1 본부장 한수미
와이즈 팀장 장보라
디자인 김준영

펴낸곳 ㈜위즈덤하우스 **출판등록** 2000년 5월 23일 제13-1071호
주소 서울특별시 마포구 양화로 19 합정오피스빌딩 17층
전화 02) 2179-5600 **홈페이지** www.wisdomhouse.co.kr

ⓒ 꼬닐리오, 2016

ISBN 978-89-5913-067-2 03810

* 이 책의 전부 또는 일부 내용을 재사용하려면 반드시 사전에 저작권자와
  ㈜위즈덤하우스의 동의를 받아야 합니다.
* 인쇄·제작 및 유통상의 파본 도서는 구입하신 서점에서 바꿔드립니다.
* 책값은 뒤표지에 있습니다.